देश-विदेश के जीव-जन्तुओं की लोककथाएँ

कौआ और बाज में दुश्मनी क्यों

यह प्राचीन लोक कथा रोमानिया की प्राचीन लोक-संस्कृति से प्रभावित है, जिसमें एक कौए और एक बाज की शत्रुता कैसे हुई, यह बताया गया है। इसमें एक सच्चाई यह भी दर्शायी गई है कि प्रत्येक मां अपने बच्चे को अत्यधिक सुंदर समझती है।

सांथिनी गोविन्दन

चित्र

प्रसोनजीत

पैंडा सीरीज़
यूनीकार्न बुक्स की प्रस्तुति

आप लोगों में से बहुत-से लोगों को इस बात की जानकारी जरूर होगी कि कौआ और बाज एक-दूसरे से दुश्मनी क्यों रखते हैं, लेकिन पहले समय में ऐसा नहीं था। उस समय ये दोनों आपस में मित्र थे। इन दोनों के बीच दुश्मनी कैसे पैदा हुई, इसके पीछे यह कहानी प्रचलित है।

बाज से मित्रता की पहल कौए द्वारा शुरू की गई। बाज एक शिकारी पक्षी था, इसलिए जंगल के अधिकांश पक्षी उससे भयभीत रहते थे। जब भी उनके बच्चे अंडों से निकलकर बड़े होने लगते, मौका देखते ही बाज उन्हें चट कर जाता था।

एक बार एक काग-दंपति ने जब अपने अंडे दिए तो उन्हें अपने बच्चों की चिंता सताने लगी, क्योंकि बाज कई बार उनके बच्चों का भी शिकार कर चुका था। कौए ने सोचा कि किसी तरह बाज से मित्रता बनानी चाहिए। यदि बाज ने उसकी मित्रता का प्रस्ताव स्वीकार कर लिया तो वह उसी को अपने बच्चों का संरक्षक बनाकर बच्चों की सुरक्षा की जिम्मेदारी सौंप देगा।

ऐसा विचार कर कौआ बाज के पास पहुंचा और उससे अपने बच्चों का संरक्षक बनने का आग्रह किया। बाज ने कौए का प्रस्ताव सहर्ष स्वीकार कर लिया। कौए ने बाज से यह भी आग्रह किया कि वह उसके बच्चों को अपना आहार न बनाए। बाज ने कौए का यह आग्रह भी स्वीकार कर लिया और कौए से पूछा, 'मैंने तुम्हारे बच्चों को अभय-दान तो दे दिया, लेकिन यह तो बताओ कि मैं उन्हें पहचानूंगा कैसे?'

कौआ बोला, ‘उन्हें पहचानना बहुत आसान है, क्योंकि सारे पक्षियों में सबसे ज्यादा सुंदर बच्चे मेरे ही होते हैं।’ बाज ने सहमति व्यक्त कर दी। उस दिन से दोनों आपस में मित्र बन गए।

कुछ दिनों बाद अंडों से बच्चे निकले। काग-दंपति अपने बच्चों की परवरिश में जुट गए। एक दिन जब बाज शिकार पर निकला, तो उसे घोंसलों में बैठे कई पक्षियों के सुंदर-सुंदर बच्चे नजर आए। बाज का मन उन बच्चों को खाने के लिए लालायित हो उठा, पर तभी उसे कौए को दिया हुआ अपना वचन याद आ गया और वह उन्हें बिना कोई नुकसान पहुंचाए, यह सोचकर दूसरे स्थान को उड़ गया कि न जाने इनमें कौन-से बच्चे कौए के हों।

उस दिन बाज ने सारा जंगल छान मारा किंतु कोई भी शिकार उसके हाथ न लग सका। उस रात बाज ने भूखे रहकर ही रात काटी।

अगले दिन वह फिर शिकार करने निकला, लेकिन दुर्भाग्य से उस दिन भी कोई शिकार उसके हाथ न लगा।

जब तीसरे दिन भी कोई शिकार उसके हाथ न आया तो वह भूख से व्याकुल होने लगा। शिकार की तलाश में जब वह जंगल के ऊपर उड़ रहा था, तब उसकी निगाह एक पेड़ पर रखे घोंसले पर पड़ी, जिसमें किसी पक्षी के चार बच्चे बैठे हुए थे। बच्चे बदसूरत थे इसलिए बाज ने सोचा कि ये बच्चे कौए के तो हो नहीं सकते, क्योंकि कौए ने तो अपने बच्चे बहुत सुंदर बताए थे।

यही सोचकर बाज उस घोंसले में पहुंचा और उन बच्चों को चट कर गया।

कुछ देर बाद जब कौआ अपने घोंसले में पहुंचा, तो उसे अपने बच्चे गायब मिले।

उसने नीचे निगाह डाली, तो उसे अपने बच्चों की हड्डियां और नुचे हुए पंख दिखाई दिए। अपने बच्चों का ऐसा अंत देखकर कौआ बहुत दुखी हुआ और बाज पर क्रोधित होकर उसे कोसने लगा।

वह गुस्से में बिफरता हुआ बाज के पास पहुंचा और उससे बोला, 'अरे बाज! कर दिया न धोखा तूने मेरे साथ। खा गया न मेरे बच्चों को। खूब दोस्ती निभाई तूने। अरे कृतघ्न! मैंने तो तुझे अपने बच्चों का संरक्षक बनाया था किंतु तूने मेरे साथ गद्दारी की। तुम कपटी हो, निर्दयी हो।'

कौए की बात सुनकर बाज ने कहा, 'तुम क्रोध में हो कौए, इसलिए अनाप-शनाप बके जा रहे हो। मैं मानता हूं कि मैंने किसी पक्षी के बच्चे खाए हैं, लेकिन वे तुम्हारे बच्चे तो नहीं थे, क्योंकि तुमने तो कहा था कि मेरे बच्चे सब पक्षियों से ज्यादा सुंदर हैं, और मैंने जो बच्चे खाए हैं वे तो बहुत गंदे और बदसूरत थे। उन बच्चों को खाकर तो मेरा स्वास्थ्य भी बिगड़ गया और स्वाद भी।'

‘अरे कपटी! तुम स्वार्थी होने के साथ-साथ महाबेईमान भी हो।’ कौआ उसे बुरा-भला कहता गया, ‘वे बच्चे मेरे ही थे। आह, कितने प्यारे-प्यारे थे मेरे बच्चे! उन्हें मार कर तूने अच्छा नहीं किया। आज से मेरी और तुम्हारी मित्रता समाप्त। अब मैं तुझ पर कभी विश्वास नहीं करूंगा। आज से हम दोनों दुश्मनों की तरह जीवन व्यतीत करेंगे।’

कहा जाता है कि तब से लेकर आज तक कौआ और बाज में दुश्मनी चली आ रही है।

■■